문학과지성 시인선 383

메롱메롱 은주

김점용 시집

문학과지성사

문학과지성사에서 펴낸 김점용의 시집

오늘 밤 잠들 곳이 마땅찮다(2001)

문학과지성 시인선 383
메롱메롱 은주

초판 1쇄 발행 2010년 10월 5일
초판 3쇄 발행 2014년 11월 13일

지 은 이 김점용
펴 낸 이 주일우
펴 낸 곳 ㈜문학과지성사

등록번호 제1993-000098호
주   소 121-894 서울 마포구 잔다리로7길 18(서교동 377-20)
전   화 02)338-7224
팩   스 02)323-4180(편집) 02)338-7221(영업)
전자우편 moonji@moonji.com
홈페이지 www.moonji.com

ⓒ 김점용, 2010. Printed in Seoul, Korea

ISBN 978-89-320-2164-5

문학과지성 시인선 383

메롱메롱 은주

김점용

2010

메롱메롱 은주

차례

시인의 말

제1부 빈 화분

배후　9

빈 화분　10

그릇　12

메롱메롱 은주　13

검은 가지에 물방울 사라지면　14

무엇을 훔쳤는지　16

간밤엔 모두들　18

어항에게 생긴 일　20

햇빛의 구멍　22

사고 다발 지역　24

우수리　25

섭동　26

뱀이 나오는 가게　28

외설적 아버지의 시대　30

어떤 자리　32

햇볕이 지나간 뒤　34

어디선가 본 적이 있는　36

그는 숨는다　38

제2부 그 옷이 내게

부산 갈매기 41

그림자들의 야유회 42

비보호 좌회전 44

그 옷이 내게 46

그 옷이 내게 또 48

출렁거리는 와불 50

건너다니는 우물 52

타워팰리스의 공중 부양 53

자가 분석가 54

복개천 56

정신병원 지나며 58

개구리 59

허깨비들 60

새만금 62

눈을 감으면 64

관음증 66

아흔아홉 마리의 여우 69

어디쯤 가고 있느냐고 70

제3부 여섯 개 안에 일곱 개

아버지, 죽은 아버지 75

너도바람꽃 76

나팔꽃 77

한 소년이 지나갔다   78

뒤뜰의 오후   80

사라지는 연분홍 가방을 톡톡   81

여섯 개 안에 일곱 개   82

모자를 찾으러 간 사람   83

도리사 법문   84

천축사   85

하루살이   86

어떤 데이지꽃   88

立脫   90

거대한 홑몸   91

생명이 밉다   92

제4부 자동차가 지나간다

사잇길에선 언제나   95

통영 다찌집   96

자동차가 지나간다   98

감자꽃 피는 길 100

광어회를 기다리며 102

타워 크레인 104

먼 저 달 106

해설 | 눈을 감고 소리로 여는 관음의 세상 · 김동원 108

제1부 빈 화분

배후

집을 나간 어머니가
옷을 뒤집어 입은 채 돌아왔다

배달된 상자를 뜯자
검은 넥타이가 나왔다

일곱 개의 밥그릇에 생쌀을 담는데
마지막 그릇의 뚜껑이 닫히지 않는다

빈 화분

베란다에 빈 화분이 하나
오래전부터 놓여 있다

언젠가 분재에 열중인 사람에게
어린나무를 너무 학대하는 거 아니냐고 넌지시 묻자
화분에 옮겨진 자체가 모든 식물의 비극 아니겠냐고
심드렁하게 대꾸했다

빈 화분
그동안 실어 나른 목숨이 몇이었는지 모르지만
생각하면 나를 옮겨 담은 화분도 아득하다
빠져나오려고 몸부림쳤던
가족, 학교, 군대, 사랑, 일터, 오 대~한민국!
결국엔 우리 모두 지구 위에 심어졌다는 생각

목숨 붙은 걸 함부로 맡는 법 아니라는데
어찌하여 우리는
겁도 없이 생을 물려받고 또 물려주는지

빈 화분
그 오랜 공명이 아직
씨 뿌리지 못한
빈 몸을 울리고 지나간다

어찌하여 화분은
화분이 되었는지

그릇

분갈이를 하고
물청소를 했다

풀 나무 대신
빈 그릇이 오고 갔다

생사가
그릇 속이다

베란다 바닥 물기가
거대한 햇볕 속으로 타들어간다

메롱메롱 은주

깊은 산 등산로 한가운데 서서 사람들 손잡아주느
라 닳고 닳은 나무줄기의 반질반질한 맨살에 새겨진
글자 은주

나는 그것이 남몰래 사랑하는 한 여인의 이름인지
이파리를 죄다 몸속으로 숨긴 그 나무의 이름인지 파
란만장 푸른 잎물결 속에 숨은 빈 배의 이름인지 알
수가 없어 한참 동안 나무 주위를 맴돌다 돌아왔는데

아무래도 그 나무는 어떤 사람과 눈이 맞아 죽어서
올라가든가 내려가든가 하는 중인 것 같은데 거기에
소 한 마리 매어서 딸려 보낸 주인이 누군지는 도무
지 알 수가 없어

한밤에 부엌 냉장고 돌아가는 소릴 들으며 이런저
런 잡생각을 깔고 앉을 때나 강원도 깊은 산골에 두
꺼운 방석을 펴면 이따금 귓전에 울리는 소 방울 소
리가 메롱메롱 은주, 하고 날 놀리는 것 같아 평생을
그렇게 놀림받으며 살 것만 같아

검은 가지에 물방울 사라지면

아버지가 찾아왔다

낯선 노인이 아버지 친구라며 아버지가 우리 집에
오다가 우물가에서 혼자 놀고 있다고 일러주었다

우물로 갔더니 일흔아홉의 아버지가 흰 수의에 삼
베 꽃신을 신고 두레박에 손을 넣어 물장난을 치고
있었다

아버지,

하고 불렀더니 아버지 친구는 나뭇짐 때문에 애조원
에서 사람들과 싸우고 있다며 거기로 가보라고 했다

급하게 고개를 넘고 마구촌을 지나 숨을 헐떡이며
애조원에 도착했을 때

머리가 희끗한 중년의 아버지는 흰 와이셔츠에 한
복 바지를 입고 문둥이와 장기를 두고 있었다

아버지,

하고 불렀더니 그는 꿈쩍도 않고 대신 문둥이가 뭉
개진 손가락을 입에 대며 쉿쉿거렸다

등을 보인 아버지는 이번에도 아버지 친구일 터

상심하여 돌아서는데 그가 이번 판만 두고 보내마,

그랬다

　덜컥 겁이 나서 아무 말도 못하고 우물쭈물 서 있
으니

　문둥이가 사라진 입술로 뭐라고 뭐라고 웅얼거렸다

　원문고개 호떡집 아줌마한테 물어봐라, 그런 뜻으
로 들렸다

　그 집은 없어진 지 오래인데

　안방에 촛불을 켜둔 채 급하게 나왔는데

　힘이 장사인 아버지는 점점 더 젊어져서 어디서 무
슨 짓을 하는지

　터벅터벅 집으로 돌아와 대문을 젖히니 죽담에 선
어머니가

　아버지 옷을 입고 어딜 그렇게 싸돌아다니냐고 소
리를 버럭 질렀다

　산 것들이 매달렸던 검은 가지해

　저녁 빛을 모은 흰 물방울이 그렁그렁 맺혔다

　물방울 사라지면 빛은 또 어디로 가는지……

15

무엇을 훔쳤는지

한 번도 방문한 적이 없는 그러나 주인이 누구인지
내가 아는 것은 오직 그것뿐
그는 없고 안방엔 낯선 사내만 둘
사지를 벌린 채 퍼질러 자고
예전에 어디서 본 듯한 붉은 이불귀를 가만히 만지
다가
들고 간 빈 상자를
유골함 같은 단정한 빈 상자를 그대로 안고
조심조심 방문을 밀고 나오려는 찰나
잠자던 사내 하나 깨어나 내 상자를 손가락질하며
보자고
아무것도 없다고 그냥 빈 상자일 뿐이라고 내가 거
듭 말해도
아니라고 자꾸만 보자고 속내를 꺼내 보이라고 꼭
봐야만겠다고
그 통에 다른 사내도 일어나 도둑놈처럼 무서운 얼
굴로
아무것도 훔치지 않았지만

보여주면 안 되는 빈 상자를
내가 아는 것은 주인이 누구인지
오직 그것뿐인데
빈 상자여서 몰래 나오려고 했을 뿐인데
주인을 담았는지
도둑을 담았는지
내가 아는 것은 아무것도 없어지고
내가 주인인지 도둑인지 사내들인지
그것마저 사라져버리고
그들은 그들대로 무언가를 뺏기지 않으려고 끝까지
또 용을 쓰고

간밤엔 모두들

간밤엔
발정 난 도둑고양이가
찢어져라 애기 울음소리를 내고
나는 깊이 잠들었다
처마 끝 풍경이 두 번 울리자
모두들 전화를 걸어와서는
고양이를 처리하라고
꼭 그렇게는 말하지 않았지만
한 사발의 뜨뜻한 피를 마시라고
그럼 괜찮아질 거라고
풍경이 세 번 울리자
누군가 전화를 걸어와서는 낮은 목소리로 다급하게
뭘 꾸물거리느냐고
빨리 나오라고
곧 폭탄이 터진다고
풍경이 한 번 더 세차게 울리자
또다시 일제히 전화를 걸어와서는
숨넘어갈 듯

애기 울음소리만

고양이 같은 애기 울음소리만

어항에게 생긴 일

어항 속으로 각시붕어 한 마리가 지나갔다
꼭 일주일 만이었다
여름비와 가을 단풍도 지나갔다
한 여자가 커피를 마시고 말보로 담배를 피운 다음
어항 속으로 사라졌다
잠깐 수증기처럼 연기가 피어올랐다
투명한 어항은 무엇이든 다 지나간다
그 어떤 루머도 어항을 지나면 분명한 사실이 되
었다
이장(移葬)을 하던 포클레인 기사가 그대로 앓아누
웠다
어항을 잘못 건드려 하마터면 깨질 뻔했다는 것이다
어느 날은 어항이 어항을 지나가려 했다
제 몸을 빠져나가려 했다
말도 안 되는 일이었다
그릇은 그릇을 떠날 수 없는데
어항이 어항을 빠져나가려 했다
어항이 있던 자리에 거대한 호수가 생겼다

사방이 캄캄하였다
대낮처럼 어둡고 멍징하였다

햇빛의 구멍

그가 왔다
오래전에 죽은 그가 나를 찾아왔다
내가 타던 낡은 자동차를 물려받아
여수로 설악으로 안면도로
멀리서 나를 빙빙 돌기만 할 뿐
수십 번을 불러도 오지 않던 그가
젊은 모습 그대로 나를 찾아왔다
오른손엔 붉은 펜을 왼손엔 황금빛 놋 열쇠를 쥐고
왔다
그는 생전과 달리 부끄럼을 많이 타며
말없이 웃기만 했다
미안하다는 뜻인지
고맙다는 뜻인지
웃음의 햇살만큼 나는 어두워지고
붉은 펜을 받아 그의 옷에 내 이름을 적어넣었다
놋 열쇠는 받지 않았다
그는 곧 돌아가야 할 사람
그러나 한번은 뜨겁게 안아주어야 할 사람

두 팔 벌려 힘껏 껴안으니

갑자기 늙어 바스러지며 바닥으로 무너져 내렸다

그의 살 그의 뼈가 내 몸으로 다 흘러온 듯

백발 성성한 햇살 그림자가

조그만 열쇠 구멍이 되어 바닥에 남았다

사고 다발 지역

자동차가 달리는 간선도로 옆에 자전거 길이 있고
자전거 길 옆에 붉은 조깅 코스가 있다
조깅 코스 옆에 노란 장다리 밭이 있고
장다리 밭 옆에 새파란 풀밭이 있다
풀밭 너머 연둣빛 물이 있고
물 아래 얼굴이 있다
얼굴 아래 또 얼굴이 얼굴이 얼굴이 있다
이틀 된 얼굴이 있고 백 년 된 얼굴이 있다
맨 아래 얼굴이 그 위의 얼굴을 흔들고
그 위의 얼굴이 또 그 위의 얼굴을 흔든다
흔들리는 얼굴이 물을 흔들고
흔들리는 물이 건너편 풀밭을 흔든다
풀밭은 장다리 밭을 흔들고
장다리 밭은 조깅 코스를 조깅 코스는 자전거 길을
자전거 길은 자동차 도로를 차례차례로 흔든다 일
제히 흔든다
급브레이크를 밟을 때마다 얼굴에 흉터가 생긴다

우수리

지구가 태양의 둘레를 1번 공전하여 제자리에 올 때까지를 1년이라고 한다.

지구가 태양의 둘레를 1번 공전하는 데는 365일과 약 6시간 걸린다. 그러나, 날짜에 우수리가 있다면 불편하므로, 보통 1년을 365일로 하고(평년), 남은 6시간을 모아 4년마다 1번씩 1년을 366일로 하여 2월을 29일로 하고 있다. 이런 해를 윤년이라고 한다.

위에서 말한 6시간은, 정확히 말하여 5시간 48분 46초이다. 이것이 4년 동안 쌓이면 23시간 15분 4초가 되는데, 1일보다 약 45분가량 부족하다. 그래서, 400년에 3번은 윤년을 두지 않기로 하고 있다.

— 문교부 편, 『자연』6-1, 1965, p. 13.

그러나 위에서 말한 5시간 48분 46초는, 정확히 말하여……

섭동

설산의 길은 좁다
조금만 벗어나도
무릎까지 푹푹 빠져든다

두 사람 마주치면
엉거주춤
서로 몸 비켜주어야 한다

저 하늘의 별들도 그렇게 한다지
별과 별이
별과 별의 중력에 끌려
미세하게 항로를 바꾸는 섭동(攝動)

정상 가까워 더 깊게 좁아든 산길
방울 소리 반짝이며
한 폭의 은하수가 지나가기까지
무릎 꺾고 비켜서서
별들의 몸짓을 서툴게 익혀본다

이만큼 걸어오기까지
그 어떤 별들이 나를 스쳐 갔는지
한 틈도 내주지 않으려 했던
스스로가 미워진다

저 아래 흐르는 모든 길들이
구불텅구불텅
한사코 섭동의 흔적들이건만……

뱀이 나오는 가게

머리를 자르러 미용실에 갔는데 아직 멀었단다
이렇게 길고 푸석푸석한 머리로는
바람 속을 걸을 수도
빗속을 달릴 수도
뱀과 이야기할 수도 없는데
그냥 돌아가라 한다
미용실은 전에 빵집이었고 감자고로케를 사러 갔
다가
눈앞에 빤히 보이는데도 어제 나온 거라며
어쩔 수 없이 되돌아 나온 적이 있다
그래도 좀 자르는 게 좋겠다고 했더니
지금이 훨씬 자연스럽다며 다음에 오란다
추리닝에 슬리퍼를 끌고 가서 그랬는지 모른다
그 자리가 철물점이었을 때도
곧 봄이 온다고 이제 문풍지가 무슨 소용 있냐고
해서
옆 동네까지 걸어갔다 온 적이 있다
재개발이 되고 신축 건물이 들어서기 전에는

풋고추가 자라고 호박이 열리던 밭이었는데

자연의 주인들은 어떻게든 제자리를 지켜내는 모양
인지

미용사는 드라이를 대충 해주고는

보던 신문을 다시 집어든다 돈을 안 받겠다 해서
대신

주머니에 있던 뱀 한 마리를 내려놓았다

외설적 아버지의 시대

죽은 아버지를 꺼내 사진관에서 사진을 찍었다
갑자기 어떤 중년 사내가 끼어들어 같이 찍는데
아버지는 아무 말없이 폼만 잡았다

아버지와 나는 꼭 쉰 살 차이라
중간을 채우는 게 더 자연스럽지만
부재중인 사진사를 대신하여 타이머에 맞춰 찰칵
눌러도
중년의 사내는 찍히지 않았다

그는 말도 안 되는 소리 말라며
어두컴컴한 무덤을 배경으로
어깨에 손도 얹고 치즈 흉내도 내면서
필름 한 롤을 다 쓸 때까지 이래저래 포즈를 취했
는데
이번에도 중년은 한 컷도 잡히지 않았다

아버지는 표정 하나 바꾸지 않고

당황한 쪽은 오히려 나여서
중년의 사내가 사진관 주인인지 배다른 형인지
잘못 꺼낸 젊은 시절의 아버지인지 알 수가 없어

언제 나갔는지 그가 사라진 뒤에도
아버지는 아무 일 없었다는 듯 태연하게
빛바랜 생전의 영정을 바꾸려들 뿐
촛불을 들고 아무리 찾아도
아버지와 찍은 사진이 한 장도 없다

누가 아버지를 좀 말려주면 좋겠는데
아버지는 힘이 장사라 아무도 말리는 사람이 없다

어떤 자리

1

이사한 날
선사가 와서 집터를 보고는
잘 얻었다 했다
너무 좋으니 오래 살지 말라 했다
남쪽에 무언가
죽어 있을 거라 했다

창가에 나란히 선 수양버들
잎 다 떨궈서 말갛고
자작나무는 천천히
단풍은 아직 새빨갰다

2

어느 날

수양버들 하나가 몰래 자리를 비웠다
실가지를 거두어간 자리
찬물 한 그릇 놓여 있다

자작과 단풍은 자리를 바꾸었다
단풍의 몸이 와들와들 희다

3

새집을 얻었을까,
여기저기
풀 무덤이 파랗게 돋았다

아무도 자리를 일러준 적 없다

햇볕이 지나간 뒤

지갑을 잃어버렸다

맞은편에 앉은 이가 지갑을 달라 해서 주었다
돌아앉은 그가 무얼 했는지 모른다
보기만 했는지
냄새를 맡았는지
부적을 넣고 돈을 빼갔는지

그는 다만
집에서 책을 본다 하니 남의 살림 그만 살라 했을
뿐이다
나와서 차나 한잔 마시라고 했을 뿐이다
한 수 가르쳐준다고 했을 뿐이다

그러니까 나도 한때는 술을 마시고
주머니에 든 손수건 명함 동전 열쇠 핸드폰 지갑을
쓰레기통에 몽땅 처넣은 적이 있다
다음 날 아침

그곳이 광화문 어디쯤이었는지 궁금해하는 나를 하
나하나 읽은 적이 있다

　다탁 위에 놓아둔 지갑이 사라진 건
　쪽창으로 들어온 말간 햇볕이
　내 초라한 안살림을 속속들이 다 읽고 지나간 뒤일
것이다

어디선가 본 적이 있는

무주암 2km 이정표를 본 건 확실했다

일주문 대신 대입 합격 백일기도 플래카드가 걸려 있었다

이름도 이상한 무폭포를 지나 한참을 가도 암자는 보이지 않았다

어떤 사람은 십 분이면 나온다 하고

어떤 사람은 한 시간 정도 걸릴 거라 했다

늦단풍 사이로 비구가 걸어 내려왔다

벌써 털신을 신었다 어디선가 풍경 소리가 들리는 듯했다

그러나 가도 가도 암자는 나오지 않았다

한 시간이 지나고 두 시간이 지나도 보이지 않았다

어떤 이는 다 왔다고 저 고개 너머라며 내게 돌 하나를 주었다

어떤 이는 너무 많이 왔다고 되돌아가라며 그 돌을 빼앗았다

어떻게 할까 망설이는 사이 한 무리의 사람들이 지나갔다

한 사람은 오래전에 불타 없어졌다며 돌을 멀리 내던졌다

한 사람은 백 년이 걸려도 당도하지 못한다며 돌 하나를 가슴에 품었다

또 한 사람은 아무 말없이 내 앞에 돌 하나를 조심조심 내려놓았다

어디선가 본 적이 있는 얼굴이었다

그는 숨는다

그는 숨는다
장롱 안에도 숨고 마루 밑에도 숨는다
담벼락 속에도 숨고 나무 뒤에도 숨는다
이름에도 숨고 바코드에도 숨는다
한번은 오래된 은수저에서 그가 숨었던 흔적이 발
견되었다
그는 숨는 데 귀신이다 심지어
구멍 난 양말의 오랜 추억 속에도 그는 제 몸을 숨
길 줄 안다
동짓달 초이레의 반달 뒤에도 숨고
늙은 여자의 하품 속에도 숨는다
제삿날 병풍 뒤에도 숨고 사진 속에도 숨는다
일부러 보자고 한 적 없지만 그는 날마다 숨는다
햇볕 속에도 숨고 그림자 속에도 숨는다
그의 흔적은 도처에 널려 있으나
그는 한 번도 발견된 적이 없다
그의 소식을 들은 사람들은
누구라도 술래가 되어 그를 찾아야 한다
죽을 때까지 찾아야 한다

제2부 그 옷이 내게

부산 갈매기

일부러 잊은 건 아닌데
작정하고 잊은 것처럼

이번 추석엔 다음 기일엔 가야지 간다고 말하면서도
가서 다 털어놔야지 다짐하면서도

서울역에서도 울고 인천공항에서도 운다는데
십팔번 그 울음소리 듣지 못하네 들리지 않네

그림자들의 야유회

뒤풀이에서 함께 커피를 마시다가 누가 불러 잠시 다녀왔더니 커피가 다 식어 리필을 부탁했을 뿐인데 종업원은 한참 뒤에 딸기바닐라 아이스크림을 가져와서는 자기는 모르는 일이라고 난 아이스크림을 좋아하지 않지만 딸기는 잘 먹는 편이라 맛을 조금 보았더니 생각보다 맛이 있어 계속 먹었을 뿐인데 사람들은 혼자 아이스크림을 시켜 먹는다 눈치를 주고

누가 불러 잠시 다녀온 것도 모두가 야유회를 간다고 하니 누군가 한 명은 당번으로 남아야 하니까 공으로 남 때리는 피구도 싫고 헛발질 잘하는 족구도 못해서 내가 남겠다고 했을 뿐인데 남아서 텅 빈 사무실의 텅 빈 의자에 한 번씩 앉아가면서 그들과 수건돌리기를 하며 놀았을 뿐인데 사람들은 혼자 데이트를 즐겼다 수군거리고

끼리끼리 모여 앉아 비닐을 둘러쓰고 말풍선을 부풀리고 고기를 뒤집고 술을 마시고 노래를 부르고 손

뺙을 치는 사이 내가 그들 뒤에 석유 냄새나는 기념
수건을 번갈아 놓아가며 차례차례 술래로 만들었다
는 걸 모르고 손을 뻗어 뒤를 더듬는 사람이 아무도
없어 혼자서 빙빙 돌다가 지쳐 쓰러졌다는 걸 모르
고 사람들은 꾀병을 부린다 야유를 하고 야유회를
즐기고

비보호 좌회전

교차로에서 사고가 난 후 그는
2층의 작은 오토바이 가게에 대해 말했다
오늘은 커피콩을 너무 오래 볶았더군
나는 2층에 있는 카페는 알지만
작은 오토바이 가게에 대해서는 아는 바가 없다
어디에 있는지
오토바이를 타야만 갈 수 있는 곳인지
정말 있기는 있는 것인지

며칠 뒤 작은 오토바이 가게에 대해 물었을 때 그는
간호사가 예쁘다고 킬킬거렸다
도대체 거기가 어디냐고 따져 묻자
간판이 또 바뀌었다고
3층으로 이사했다고
분명히 파란불이었다고 신경질을 냈다

교차로에서 사고가 난 건 그러고도 한참이 지나서
였지만

44

그사이에 나도

4층이나 5층쯤 아니 그보다 더 높은 곳 어디엔가

작은 오토바이 가게가 있다고 믿게 되었다

그 옷이 내게

그 옷이 내게 말을 걸었다 나는 가끔 내 곁에 없는 혹은 죽은 사람의 목소릴 듣기도 하는 편이어서 처음 엔 그저 그러려니 여겼다 그런데 목소리의 주인이 누 군지 금방 떠오르지 않아 찬찬히 짚어가니 내가 입고 있는 옷이 하는 말이었다

그 옷은 누가 입다가 준 것도 아니고 어디서 주워 온 것도 아니었다 백화점 정기 세일 때 신용카드로 산 싸지도 비싸지도 않은 그만그만한 옷인데 그 옷이 내게 말을 거는 것이었다

한번은 어떤 사람과 진지하게 얘기를 나누고 있는 데 바로 옆 의자에 걸어둔 그 옷이 그 사람의 뺨을 때 리라고 개념에 빠진 놈은 맞아야 정신을 차린다고 나 를 다그쳤다 물론 난 그렇게 하지 않았다 그랬더니 욕을 했다 나더러 겁쟁이 돼지 새끼라고 욕을 했다

통행증을 보여달라는 수문장의 말에 뺨을 한 대 갈

겼더니 그냥 통과시켜주더라는 선가의 이야기도 있지
만 뺨을 맞아야 할 사람은 오히려 내가 아닌가 나는
그 옷이 말하는 걸 어떻게 듣는지 모른다 귀로 들었
다고 생각하지만 등짝으로 들은 것도 같고 때로는 뼛
속 깊은 곳에서 울리는 것처럼 들리기도 하는데 뺨을
맞는다고 내 귀의 위치를 정확히 알게 되는 것은 아
닐 것이다

그 옷이 내게 또

그 옷에 관한 시를 쓰고 며칠 뒤 그 옷이 내게 또
말을 걸었다

잠이 설핏 들려고 하는 참이었는데 그날은 베개 속
에서 온갖 아주머니들이 기어나와 웅성웅성 떠들어쌓
는 바람에 처음엔 그 옷이 뭐라고 말하는지 정확히
듣지 못하였다 그래도 요지를 말하자면 자신의 존재
를 세상에 드러내면 복수를 하겠다 뭐 그런 내용이었
다 그러거나 말거나 나는 계속 잠을 청하였는데 이번
엔 그 옷이 좀더 분명한 소리로 약간 치근대듯 내게
말하였다 나 좀 입고 자 나는 수다쟁이 아줌마들 때
문에 짜증이 난 데다 어떻게 잠을 좀 자보려고 가만
히 누운 채 명상을 하듯 숨을 고르던 참이어서 그냥
못 들은 척하였다 그러자 침실 옷걸이에서 큰 소리로
나 좀 입고 자! 날 입고 자란 말이야! 하고 그 옷이
소리쳤다 명령조였다 졸리고 귀찮아서 됐다 됐다 해
도 날 입고 자 제발 나 좀 입고 자 안 그럼…… 똑똑
하게 겁을 주고 협박을 하였다 그렇잖아도 아줌마들

때문에 짜증이 나 죽겠는데 그 옷이 자꾸 보채는 바람에 화가 나서 아주머니들 때문에 화가 머리끝까지 나서 벌떡 일어나 그 옷을 둘둘 말아 아파트 단지 분리수거함에 넣어버렸다

그 후 거리의 사람들은 여전히 그 옷을 입고 다니며 내게 뭐라고 뭐라고 중얼거린다

출렁거리는 와불

잠들었는데 누가 자꾸 부른다
깨어나 보니 붉은 달이 떴다
연유를 묻지 말고 그냥 따라오란다
달옷으로 갈아입고 달빛을 마시며 달을 따라 올라
가니
희고 넓은 들이 나왔다
지금의 아파트가 들어서기 전 너른 평야였다
달빛을 타고 내려가 혼자 체조를 했다
팔운동을 하는데 팔뚝이 우두둑 떨어져 나갔다
목운동을 하다가는 머리통이 굴러떨어지고
제자리 뛰기에서는 불알이 훌렁 빠져버렸다

체조를 끝내자 수천 갈래로 찢긴 내 몸이 흰 들판
에 누워 있다
커다란 솥에 푹 삶아 부위별로 잘라 늘어놓은 듯
수천 개의 출렁이는 저울 위에
허벅지 골반 간덩이 들이 새 주인을 기다리며 가득
히 누워 있다

고통도 없이 의식을 치르란 말인가
공중에선 짤랑짤랑 방울 소리 울리고
눈물이 날 듯 눈물이 날 듯
이 거대한 방광은 어디서 만들어진 것인가
밤중에 큰 새 한 마리 빙빙 돌면서
아교 같은 안개를 계속 뿌려댄다
수천 개의 저울 위에 놓인 거대한 몸 하나가
와불(臥佛)처럼 누워서 출렁거린다

건너다니는 우물
── 은실에게

한밤에 누가 전화를 걸어왔습니다
여보세요 말씀하세요 내가 말해도 아무 대답이 없
었습니다
가만히 들어보니 수화기 저편에서 훌쩍이는 소리가
들렸습니다
무슨 일인지 물어볼 수도 없고 그냥 듣기만 했습
니다
십 분이 지나고 삼십 분이 지났습니다
그는 평소 차갑고 냉정한 사람
술을 많이 마신 모양입니다
무슨 말이라도 해주면 좋으련만 그는 계속 울기만
했습니다
중간 중간 코를 풀어가면서 말입니다
먼저 말을 꺼낼까 몇 번을 망설였지만
어떤 말이 위로가 될지 몰라 그냥 듣기만 했습니다
그렇게 망설이며 그의 울음을 들어주는 사이
내게도 무슨 말 못할 사연이 생긴 것 같았습니다
이 추운 겨울밤에도 얼지 않는
깊은 우물이 하나 생긴 것 같았습니다

타워팰리스의 공중 부양

사람들은 내가 명상을 시작한 지 삼 일 만에 공중 부양을 했다고 하면 정말? Really? 광릉수목원 아래 별장의 별채에 세 들어 살 때 반가부좌로 명상을 하는데 어느 순간 목이 불편하였다 나도 모르는 새 내 머리가 거실 천장에 닿아 더 이상 올라가지 못하고 고개가 앞으로 꺾인 채 떠 있었다

그 뒤로 나는 특기란에 공중 부양이라고 적을 수 있게 되었다 드물게 믿는 사람도 있다 내 친구 세권이가 몸이 자꾸 아프다고 해서 본 적이 있다 그의 어깨 위에 흰 두루마기를 입은 조선의 선비가 꼿꼿이 서 있었다 친구에게 그 선비와 어서 화해하고 잘 지내라고 처방을 내주었다

인사동 여자만에서 만난 한 시인은 몸이 아파 술을 못 마셨다 제대로 된 의자에 앉지도 못해 낚시용 접이의자를 따로 갖고 다녔다 그에게 진지하게 명상을 권했다 그가 정말로 명상을 열심히 하는지 이따금 그의 집 타워팰리스가 공중에 붕 떠 있다

자가 분석가

　나는 그에게 매일 꿈을 가져간다 하루에 열두 개를 가져간 적도 있다 거래는 공평하다 그는 내 꿈에 관심이 많고 나는 그의 반응이 재미있다 분석에서 그는 주로 연상 기법에 의존한다 이를테면 뱀으로 줄넘기할 때 어떤 느낌이 들던가요 머리가 둘 달린 아이는 누구를 떠올리게 했죠 이런 식이다 호프집에서 자못 심각한 표정으로 앉아 있는 그의 모습은 모래 그림의 미로를 헤매는 성인식의 주인공 같다 귀엽고 우습다 난 대체로 솔직하지만 기분이 좋지 않으면 거꾸로 말할 때도 있다

　최근 그의 태도가 달라졌다 어제는 심드렁한 표정으로 내 꿈을 쓱 훑어보고는 책상 한구석에 밀쳐놓더니 엉뚱한 질문을 던졌다 우리가 왜 만난다고 생각합니까 그건 습관이라고 하마터면 난 솔직하게 대답할 뻔했다 오늘 난 두 개의 꿈을 와이셔츠 상자에 담아 빨간 보자기에 싸서 가져갔다 그는 자동차 시동을 건채 왜 이랬는지 물었다 난 마지못한 듯 꿈에 신당인

지 암자인지 모를 곳에 이렇게 갖다 바쳤다고 말해주
었다 그는 아무 말없이 액셀러레이터를 천천히 밟았
다 내가 그에게 주의를 줄 수 있는 방법은 그 길밖에
없었다

복개천

1

청계천에 악어가 산다고 소문을 낸 시인이 있었다.
소문은 사실로 판명되었고, 소문을 들은 사람들은 모
두 쉬쉬하며 악어의 안부를 염려하였다.

악어가 멸종되었음이 드러난 건 정권이 두 번 바뀌
고 3년 뒤, 어느 날 TV 뉴스를 통해서였다. 기자는
과거의 보도 통제를 의식, 개천 바닥의 고가도로 기
둥이 삭아가고 있다며 악어가 멸종되었다는 사실을
우회적으로, 그러나 어쩔 수 없는 슬픔 때문에 떨리
는 목소리로 보도하였다.

2

오늘 저녁,
어스름을 타고 어슬렁어슬렁 읍내로 내려가던 나는
남양주시 진접읍 봉현마을 복개천 통풍구에서

히잉— 히이잉— 울어대는 악어 울음소리를 들
었다
입구는 막혀 있었고 날은 어두웠으므로
정확히 몇 마리인지 확인할 수 없었지만 악어 울음
소리가 틀림없었다
살아 있었다니! 악어가,
우리가 흘려보낸 컴컴한 어둠을 먹고
아직도 살아 있었다니!

기쁘지 않았다
반갑지도 않았다
내 안의 어둠이 두렵고 의심스러워 견딜 수가 없
었다

정신병원 지나며

몸이여,
브레이크를 밟아줘
이쯤에서 멈추고 싶어
정신병원 입구
시드는 넝쿨장미
세상의 캄캄한 눈길 너머
저 안뜰 환한 데
죽은 듯 들고 싶어
헛것들 사라지겠지
다시 진지해질지도 몰라
꿈길에 흰 종이꽃 피면
죽은 사람들
면회 올 거고
그러니, 몸이여
한 번만 더
중앙선을 넘어줘

개구리

밤중에
베개 안에서 누군가 운다

베개를 꼭 껴안고 잠들었는데
꿈속에서 또 누가 운다

일어나 앉으니
컴컴한 거울 속에 한 그림자가 울고 있다

거울을 떼어내 접고 또 접어
한 마리 개구리를 만든다

꽁무니를 톡톡 퉁기며 개굴개굴
개구리 소리를 내어본다

허깨비들

혼자 사는 내 집 안방에
한 여자가 잠들어 있다
힘들었는지 입을 조금 벌리고
고양이가 갸르릉거리듯
가느다랗게 숨을 내쉰다

그 옆에
한 아이가 잠들어 있다
깊고 따뜻한 잠에 들어
한 겹 한 겹
여자의 숨에 제 숨을 포개고 있다

건넌방에
한 사내가 책을 읽고 있다
오래전에 누군가가 버린 책을
이제는 아무도 읽지 않는 책을
밤늦도록 읽고 있다

나는
안방으로도
건넌방으로도
가지 못한다

언제부턴가 내 집에
허깨비들이 들어와 산다

새만금

처음엔
눈으로 온다고 했다
귀로 왔다
미안하다고
이번엔 입으로 온다고 했다
의심하는 사이
무릎이 잠겼다
코로 왔다
벌써 허벅지가 젖고 있었다
마지막으로
아주 천천히
가랑이 사이로 온다고 했다
두 다리에 힘을 주었다
조금씩 조금씩
허리가 잠겼다
소리를 질렀다
벌어진 입으로
모든 것이 한꺼번에 들이닥쳤다

그리고 닫혔다

부드럽고 물렁물렁한 물결이
차고 딱딱한 바닥이 되었다

눈을 감으면

눈을 감으면
귀 하나가 한없이 커져
어느 깊은 산속 떡갈나무 이파리
그 여린 숨소리를 듣네

눈을 감으면
팔 하나가 길게 뻗어가
병실에 누운 어린 사람의
눈물 젖은 볼을 어루만지네

눈을 감은 채 숨길을 고르면
어느 순간
온몸이 투명해지고

투명해진 몸이 커지고 커져
세상 모든 것들 위에 천천히 포개지네

나는 없고

나는 또 있어서
기쁨인지
슬픔인지
나인지
너인지

눈 감고 앉은 곳 어디라도
사무치고
또 사무쳐오네

관음증

소리를 본 적이 있습니다

계곡 바위에 알몸으로 앉아
꽃과 바위의 눈을 감기고
나무들의 눈을 감기고
흐르는 시냇물의 눈을 감겼습니다

숨을 들고 내쉬며 호흡에 집중하였습니다

호흡에 집중하였습니다

집중하였습니다

그러기를 한참
집중으로 집중을 넘어선 순간
어느덧 내 몸이 투명해지며
삼라만상이 저절로 들고 또 났습니다

그때 산새 한 마리
찌르르 울자
내 머리 두어 길 위에 산새 울음이
검은 보자기처럼 둥글게 떠올랐습니다

울음은 넓게 퍼졌다가
수제비처럼 한 점씩 얇게 뜯어져
계곡 물소리를 타고
아래로 아래로 흘러갔습니다

머리카락 끝에 생긴 바람의 눈이
환하게 보았습니다
어깨 위에 돋은 다람쥐의 도토리눈이
똑똑히 보았습니다

그 뒤로
세상 모든 것들이 소리를 타고 와서
소리를 타고 사라진다는 것을 알았습니다

옷도 개미도 전화도 사랑도 슬픔도……

식탁 위의 밥솥이
뿌— 뿌— 소리를 내며 흰 김을 뿜어대고 있습니다
오늘이 며칠째인지 모르지만
무엇인가 자꾸자꾸 사라져갑니다

아흔아홉 마리의 여우

밤중에 여우 한 마리가 담을 넘어왔다
입술을 드릴게요 탐스런 제 꼬리 좀 만져보세요
등을 돌리고 누웠으나
여우는 내 어깨를 폴짝 뛰어넘어 제 얼굴을 비벼
댔다
부드러운 털이 온몸을 간질였다
달아오른 얼굴로 여우의 꼬리를 살며시 어루만졌다
꼬리는 목덜미에도 겨드랑이에도 사타구니에도 있
었다
천수관음 아흔아홉 개의 꼬리를 단 여우였다
놀랍고 창피해서 벌떡 일어나 여우의 뺨을 때렸다
그러자
아흔아홉 개의 꼬리는 아흔아홉 마리의 여우가 되
어 내 뺨을 갈겼다 나를 빙빙 돌았다
덥고 어지러워 터질 듯하였다
아흔아홉 개의 꼬리가 나의 것인지 모른다
아흔아홉 마리의 여우가 나인지도 모른다

어디쯤 가고 있느냐고

한복을 입고 버스를 탔다
사람들이 자꾸 쳐다보았다
죽은 사람이 물려준 옷인데
이상한 냄새가 난다며
외국인들이 나를 비웃었다
새로 염색을 하고
약간 덜 마른 채 입고 나오긴 했지만
색깔이 이상하다는 듯
냄새가 역겹다는 듯
사람들이 나를 자꾸 흘긋거렸다
방귀를 뀐 것처럼 말도 못하고
버스 기사의 눈치를 살피며
천장 손잡이에 힘을 주었다 그때
어떤 시인이 전화로 대뜸
시 전문지를 한번 내보자고
다 죽어가는 잡지 하날 인수해서
정말 새롭게 한번 잘해보자고
그러면서 장례식에서 내가 자기 옷을 바꿔 입고 갔

다고
　지금 어디쯤 가고 있느냐고
　도대체 상주 옷을 입고 가면 어떡하냐고

제3부 여섯 개 안에 일곱 개

아버지, 죽은 아버지

팔당댐 바로 아래
물오리 한 마리
갯바위에 앉아
흘러가는 물결을 물끄러미,
바라본다

헤살거리는 피라미도 미꾸라지도
다 귀찮다는 듯
잠수하지 않아도 저 물의 세월을
다 안다는 듯

너도바람꽃

애인이
다른 사람, 아니
다른 사람과 바람을 쐬러 간다고
약간 더듬거리며 말했다
난 아무 말 하지 않았다
잘 다녀오라고 했다

다다음 날 그녀는
바람꽃이 많이 피었더라며
꽃의 이름을 들려주었다
꿩의바람꽃 만주바람꽃 들바람꽃 홀아비바람꽃 회
리바람꽃 너도바람꽃 나도바람꽃……

너도바람꽃
나도바람꽃

직접 보지는 못했어도
이름만으로 알 수 있을 것 같았다

나팔꽃

쥐똥나무 울타리를 감아쥐고
나팔꽃이 피었다

연보라 송이마다
다른 전생들 보인다

나비의 숨결
곰의 얼굴
돌아서서 울던 여자의 흰 목덜미……

시침 뚝 떼고
한 줄기에 붙어
나란히 피어 있다

한 소년이 지나갔다

저만치서 한 소년이 마주 오고 있었다
더벅머리에 교복을 입고 검은 가방을 메고
흰 양말에 삼디다스 슬리퍼를 질질 끌며
불량한 걸음걸이로 나를 향해 걸어오고 있었다
고개를 약간 숙이고 주머니 깊이 두 손을 찌르고
껄렁껄렁 가까워지고 있었다
누구나 저럴 때가 있는 법이지
굴러다니는 빈 깡통을 콱 찍어 차버리듯
세상을 온통 찌그러뜨리고 싶은 시절
어이 학생, 한마디 해줄까 망설이는 사이
소년이 나를 툭 치고 지나갔다
가볍게 툭,
뽀얀 젖살 같은 얼굴로
야릇한 오징어 냄새를 풍기면서
내 어깨를 툭 치고 지나갔다
가볍게 툭,
날 고의적으로 들이받고 지나갔다
나에게 시비를 걸어 싸움을 걸어 날 때려눕힌 뒤

새파란 주머니칼로 온몸을 난자하고
팔딱이는 내 심장을 꺼내 갔다
가볍게 툭,
오래 오래전에 한 소년이 지나갔다

뒤뜰의 오후

묵은 차 마시며
내다본 뒤뜰

소국 지고
모과 잎 다 졌는데

마알갛게
햇살 귀신이 내려온 듯

오래전 입술 위에
옛 발자국 위에

사라지는 연분홍 가방을 톡톡

지하철에서 졸고 있는데
네댓 살 먹은 꼬마 하나가
옆자리에 잠든 아주머니를
신기한 듯 쳐다본다
약간 벌어진 와인색 루주의 서툰 입술
잿빛 반코트를 움켜쥔 곱은 손
굵은 손가락에 낀 두꺼운 금반지
집 나온 듯 두툼한 연분홍 비닐 가방을
차례차례 말똥말똥 쳐다본다
그러고는 어린 손을 가만히 뻗어
지퍼가 다 채워지지 않은 연분홍 가방을
톡톡 쳐본다
수십 년 저쪽 멀리 고운 손을 뻗어
보일 듯 말 듯 사라지는 연분홍 가방을
톡톡 쳐본다

여섯 개 안에 일곱 개

지하철 장의자는 일곱이 앉는 자리
맞은편에 지퍼 하나가 열려
초로의 사내 앞 지퍼가 슬쩍 열려
어떻게 알려주나
바로 앞 맞은편이 아득히 먼데
본 사람이 몇인지
경우의 수를 오락가락하는 사이
할!
여섯 개 안의 일곱 개가 벼락을 치네
보고도 못 본 척
지척이 만 길인 까닭
이른 아침 지퍼 하나가 화두를 물었네
여섯 개 안에 일곱이 참 곱게도 들었네

모자를 찾으러 간 사람

—— 김상미 시인에게

아마 포도밭이었을 것이다
나는 냄비를 찾으러 가고
그는 모자를 찾으러 갔다
안개가 자욱이 끼어 있었지만
냄비는 멀리서도 반짝거렸다
그는 풀숲을 뒤적이며 왼쪽으로 나아갔다
내가 냄비에 집중하는 사이 그는 사라져버렸다
한참을 기다려도 오지 않았다
그곳은 포도밭이 아니라 모래밭이었던 것 같다
어쩌면 저 아래 남쪽 무덤가였는지도 모른다
사실은 그가 왼쪽으로 갔는지 오른쪽으로 갔는지도
확실치 않다
안개가 잔뜩 끼어 있었고 주위는 캄캄했다
그는 아직 오지 않았다
그가 찾으러 간 것은
모자가 아니었는지도 모른다
냄비는 뒤집어진 모자였는지도 모른다

도리사 법문

마음 세운 듯
가파른 산길
절집 막 들어서는 늙은 불보살에게 묻는다

이 산꼭대기까지 어떻게 오셨어요?

올라오는 건 아무것도 아녀
내려가기가 힘들지

桃李寺 복숭나무
꽃 다 피우고도 못 내려간다

천축사

중턱 쉼터에서 그만 내려가자 하였으나 당신은
이왕 나선 길 끝까지 가보자 하였습니다

갈림길에서 망설일 때에
이 길이나 저 길이나 같다 하였습니다

올라가는 길이
내려가는 길이기도 하였습니다

여긴 눈이 오는데
거긴 꽃이 피는지요

만난다 하였으나
만나지 못하였습니다

하루살이

세 든 지 하루 만에
화분이 깨졌다

이틀째는
현관 거울에 금이 가고
포도 주스가 엎질러졌다

일주일이 되자
꿈에 할머니 귀신이 찾아와
내 팔 내놔!
어서 내놔!
소리쳤다

깨어나 보니
없던 인형이 하나
머리맡에 쓰러져 있었다

불 켜고 앉은 채 날이 밝고

북쪽 창틀에 하루살이 떼가
바싹 말라 있다

어떤 데이지꽃

꽃잎들은 기이한 순열을 이루고 있다.
시골집 마당의 백합은 3개이고
산이나 들에 피는 미나리아재비는 5개
참제비고깔은 8개이다.
관공서에서 자주 볼 수 있는 금잔화는 13개
국화과의 애스터는 21개
데이지꽃은 대개 34개, 혹은 55개, 혹은 89개의 꽃
잎을 갖는다.

3, 5, 8, 13, 21, 34, 55, 89, ……
이들 숫자 외에 꽃잎 수를 가진 꽃은 아주 드물다.
순열은 3+5=8, 5+8=13, 8+13=21, 13+21
=34, …… 이런 식으로
각각의 숫자는 앞의 두 숫자를 더하면 되는데,

89개의 꽃잎을 가진 데이지꽃은
그 순열에 맞춰 피려고 얼마나 먼 길을 돌아와야
했을까

그러다가 드문드문
여든여덟 혹은 아흔 개의 꽃잎으로 피지는 않았을까
정박아나 자폐아가 태어나듯

立脫

백여덟 번 절하고
부처 훔쳐 내려오는 산길
집으로 가는 길을 지웠네
내 몸을 지웠네
겨울나무들의 마른 이파리를 지웠네
가지와 줄기의 살점도 지웠네
나무들 속살 속 물관만 남겼네
뿌리에서 잎과 꽃 퍼올리던 물관들
금세 하얗게 얼어붙어 반짝였네
능선에 쏟아지는 황금 햇살에 쓸리며
싸르릉싸르릉 반짝였네
은사시보다 눈부시게
어느 겨울,
그만 쓰러져 죽어버리고 싶었던
소백산 설화보다 더 눈부시게
꼿꼿한 결벽만이 뜨겁게 타올랐네
햇살에 떠밀리는 황홀한 나무들 사이
금빛 나비 한 마리
천천히 날아올랐네

거대한 홑몸

2, 3, 5, 7, 11, 13, …
164702693302559231……0022181166697152511

1과 자신으로만 나누어지는 수, 소수. 지금까지 발
견된 가장 큰 소수는 2008년 8월 23일 미국 UCLA의
수학팀이 인터넷 이용자들과 함께 찾은 메르센 소수
로, $2^{43,112,609}-1$이다. 이 수는 1,297만 8,189자리로
보통 사람이 쓸 경우 약 10주나 걸리며, 12포인트 크
기(1cm에 4자)로 A4용지 6,482매 정도를 채울 수 있
다.

이처럼 어마어마한 숫자가 나눠지지 않는다니
164702693302559231……0022181166697152511
사이를
떼어낼 수 없다니
저 홀로 부풀어온 거대한 홑몸이라니
나를 나누어줄 수 없다니

생명이 밉다

아프리카 짐바브웨의 따뜻한 절벽, 한 둥지 안에 독수리 형제가 나란히 있다. 부모가 먹잇감인 바위너구리를 들고 나타나자 형은 날카로운 부리로 동생의 살을 쪼아 헤집어 먹이를 쳐다보지도 못하게 한다. 그렇게 하루나 이틀이 지나는 사이 동생은 서서히 죽어간다. 부화한 지 3일 만에 동생이 죽기까지 형은 부리로 1,569번을 쪼았다.

뱀상어는 몸속에 알을 낳는다. 그 안에서 부화한 새끼들은 자유롭게 헤엄치며 서로를 잡아먹는다. 새끼들은 이빨이 자라고 몸집이 커진다. 이들은 더 작은 새끼들을 잡아먹는다. 최후로 한 마리가 남을 때까지 이 과정은 반복된다. 그사이 어미는 1만 7천여 개의 알을 낳아 계속해서 먹이를 제공한다.

내가 살아남은 데도 다 이유가 있다.

제4부 자동차가 지나간다

사잇길에선 언제나

개들이 달리고 있었다
좁은 철망에 갇혀 가을 햇볕 속을
개들이 달리고 있었다 사람들이
달리고 있었다 뜨거운 지구에 갇혀
시월의 정오를 오줌을 질질 흘리며 별들이
달리고 있었다 3차원에 갇혀
11차원의 조그만 호두 껍질 속을 파란 트럭에 실려
어디로 가는지 묻지도 않고
떼 지어 떼 지어 달리고 있었다
아, 트럭이 급커브를 틀었다
황색 신호등을 무시하고
은행나무집과 버드나무집 간판 사이
깜박이도 없이 사라져버렸다

사잇길에선 언제나 슬픔의 냄새가 난다

통영 다찌집
—친구 김덕윤의 말을 빌려

통영 가면 있다
안주 값은 안 받고 술값만 받는 집
술을 시킬 때마다 싱싱한 바다 안주가 무장무장 나
오는 집
뱃사람들 때문이지
망망대해 출렁이는 바다에 매달려
보름이나 달포 지나 뭍에 오르면
가만히 있는 육지가 흔들려
어질어질 가멀미를 한다네
멀쩡한 맨땅에서 멀미를 한다네
발 디딘 땅이 거대한 물너울처럼 자꾸 울렁거려
살아도 산 것 같지 않다고
서둘러 마시고 함께 흔들려야
비로소 살아 있는 목숨 같다고
아지매, 소주 한 바께쓰!
얼음 채운 양동이 가득 술이 나온다
아따 그 한입에 안 털어 넣고 베 묵나
잔 받아라,

몇 번의 지청구에 벌써 술상이 출렁
지나가는 통통배 소리에 갯냄새 밴 유리창도 출렁,
출렁,
오래 굳어 단단한 것들이 저절로 흔들리며
뭍과 바다가
삶과 죽음이
수시로 자리를 바꾸는 집
다시는 배 안 탄다 캐도
이리 흔들리는 기 낫지 가만 몬 있는다 아이가
마음속 굳은 맹세도 물결처럼 풀어져 아득히 흘러
가는
먼 바다 들망배 불빛 같은 통영 다찌집
막막한 수평선에 제 인생을 걸어보지 않고는
그 술맛을 영영 알 수 없는

자동차가 지나간다

자동차가 지나간다
고속도로가 뚫리며 드러난 검은 지층
들린다 단층의 틈새마다
까르륵, 너의 웃음소리
석기 시대부터 유전(遺傳)된 우리의 슬픈 리듬
자동차가 지나간다
해와 달의 무수한 창문을 달고
꽃 피는 날로 폭풍우를 견딘 나무들의 생애
납작하다 동경(憧憬)의 물결도 실패의 술잔도
납작하다 기억의 무늬들이여
단층이 어긋난 곳에서 낯선 시간들이 만나듯
세월 지나면
칼날 같은 미움도 둥글게 녹스는가
자동차가 지나간다
아버지의 제삿날
배다르고 씨 다른 형제들이 만나
새로운 내력의 일가를 이루듯 시간은
지나간 모두를 아름답게 포장하는 건 아닐 테지만

단단하게 굳은 검은 지층 속으로
새 무덤이 생기고 흰 빨래가 펄럭인다
자동차가 지나간다

감자꽃 피는 길

내가 아직 너의 문간에 이르지 못했으니
이곳에서 그냥 밤을 새우고 말리라
오늘 하루 얼마나 걸었을까
지는 해의 부르튼 발바닥이 보여
문을 잠근 그대여
너는 아직 들어보지 못했을 테지
이 길의 두근거림
가도 가도 계속되는 흰 꽃들의 속삭임
가만히 주저앉아 쓰다듬어보면
종일 햇볕이 데우지 않았어도
수많은 발길로 뜨거워진 길
긴 가뭄에도 땅속으로 뻗는 저 알알의 힘
너는 아직 모르고 있을 테지
간간이 한 줌의 굴욕
한 줌의 신산한 기억들도
흰 감자꽃 속에 널브러져 있지만
길을 따라 아름답게 늙어가는 사람들
너는 아직 손잡아보지 못했을 테지

문을 잠근 그대여 나는 아네
언젠가 내가 너의 문간에 이르렀을 때
너무 단단히는 잠그지 않고
조금씩 조금씩 삐걱거려주리라는 것을
끝끝내 열리지 않아 그곳에 나의 무덤을 짓더라도
아주 희망이 없지는 않게
너의 숨결엔 듯 흔들리며 삐걱거려주리라는 것을

광어회를 기다리며

술을 마신다
갯비린내의 풍경은
간이 횟집 바람막이 비닐에서 흐릿해진다
벌겋게 녹슨 닻의 밑뿌리며
바람에 일렁이는 서해안고속도로
사라진 소금 창고의 기억 너머
끊긴 수인선 침목(枕木)마다
쿨럭이는 바람 소리는 환청이다
스러지는 것들처럼
때론 말할 수 없는 부분이 있다는 걸 안다
말더듬이의 혀 밑바닥에 고인 자음과 모음에 대해
끝내 뱉을 수 없었던
떡조개가 문 마지막 개펄의 안간힘에 대해
그러나 말하지 않고 말하는 법에 대해
우린 이미 알고 있었으므로
술병은 썰물처럼 빠르게 눈금을 낮추었다
횟집 맞은편으로 천천히 나부끼는 붉은 플래카드
번지는 노을 속에 파묻혀 가도

광어는 여전히 헤엄쳐 오지 않고
정박 중인 배들은 오래도록 정박 중이었다

타워 크레인

눈이 내린다
크르릉크릉 허공을 가르던
교회당 신축 기념관 옆 타워 크레인
실직한 가장(家長)처럼 눈을 맞는다
굵어진 눈발 탓인가
소주에 삶은 계란을 먹던 공사장 인부들
보이지 않는다
드럼통에 타던 모닥불도 반통가리로 꺼졌다
지나고 보면 두려운 건 추락이 아니었다
설계도를 따라
한 층 한 층 허공을 들어올려도
위로받을 바닥이 없다는 것
더 이상 기댈 높이가 없다는 것
눈 한번 징하게 오네
사람들은 저마다 휴대폰을 꺼내 들고 분분설,
수다를 떨며 퇴근길을 걱정한다
아득한 곳에서 쏟아지는 수만 장의 명함들
새겨두고 싶은 이름이며 순간들 있었을까

척추가 시리다
건물은 거의 만들어졌는데
크르릉크릉
더 들어올려야 할 것이 남았다는 듯
지켜야 할 자리가 여기뿐이라는 듯
직립한 채 저 홀로 눈을 맞는
한 마리 슬픈 짐승

먼 저 달

갯가 촌놈들 아니랄까 봐
청량리 수산시장에서 비린내 맡고 살 비린내도 그
리워
붉은 등불 속으로 헤엄쳐 들어갔는데
다락방 같은 붉은 어둠 속에서
그러나 몸 섞지 않은 건
내 그것이 서지 않아서가 아니라
어쭙잖은 페미니스트여서가 아니라
멀리 있는 애인을 위해서는 더더욱 아니라
그냥,
그냥 하고 싶지 않았을 뿐인데
그녀는 날 자꾸 의심했지, 할 거면 빨리 하자고
자기도 장사해야 하니까 잡담으로 시간 끌지 말자고
나는 김중식의 시집을 꺼내 라이터 불로
「食堂에 딸린 房 한 칸」을 축축하게 들려주었는데
그녀는 나랑 연애하고 싶다며 보채다가
묻지도 않은 먼 고향 얘기며 가족,
팬시점 주인이라는 장래 희망을 나직나직 들려주었

는데
　그녀에게 시집을 안겨주고
　삐걱삐걱 목조 계단의 불안한 음계를 따라 나와
　툭 터진 하늘 올려다볼 때
　먼저 나온 친구 녀석 퉁명스럽게
　짜식, 디게 오래 하네
　그래 임마, 저 달도 나한테 걸리면
　오늘 밤 못 진다!
　먼 저 달

눈을 감고 소리로 여는 관음의 세상

김 동 원

1

우리는 삶의 한가운데 서 있으면서도 종종 삶을 묻는다. 그 물음은 쉬운 물음이 아니다. 그 물음이 쉬운 물음이 아 닌 것은 그 물음이 어떻게가 아니라 왜를 묻고 있기 때문 이다. 널리 알려진 얘기에 기대어 이 물음의 성격을 좀더 명확히 해보면 왜 산을 오르는가라는 질문이 좋은 예가 될 것이다. 산 사람은 산을 자주 오른다. 그러니 등산로에도 훤하고 어떻게 산을 올라야 안전한지 등등에 대하여 많은 지식을 축적하고 있을 것이다. 어떻게 산을 오르는가에 대 한 질문과 그에 대한 대답은 산을 더 자주 오를수록 더더 욱 해박해지고 정확해진다. 그 물음 앞에서 산은 확연하게 손에 잡힌다. 그러나 왜 산에 오르는가라는 질문을 앞에

놓는 순간 산은 갑자기 그를 버리고 멀리 달아나버린다. 나아가 그 질문 앞에 선 산은 오르면 오를수록 더 멀리 달아난다. 수없이 산을 올라도 산은 손에 잡히지 않는다.

삶도 그렇다. 살면 살수록 삶은 삶을 묻는 질문 앞에서 더더욱 우리의 손을 멀리 벗어난다. 그것은 그 질문이 어떻게 돈을 모아 아파트를 마련해야 하는가를 묻고 "더 늦기 전에/주택 부금도 하나쯤 들어야겠다"(「부장님 앞에서」, 『오늘 밤 잠들 곳이 마땅찮다』, 문학과지성사, 2001)는 답을 얻어내는 것이 아니기 때문이다. 그 질문은 어떻게 해야 사회적으로 더 높은 지위에 오를 수 있는가를 묻는 것도 아니다. 그 질문은 우리는 왜 산을 오르는가를 묻는 질문에 더 가까우며, 때문에 우리의 삶 자체를 묻고 있는 질문이다. 그 질문을 앞세우면 삶은 손에 잡히는 것이 아니라 오히려 손에서 빠져나간다. 그 질문은 대답을 듣기도 어려운 질문이지만 아울러 위험한 질문이기도 하다. 때로 그 질문의 끝에서 삶이 송두리째 뒤흔들리기도 하기 때문이다.

그렇게 삶을 뒤흔들 위험마저 있는데도 우리들은 종종 그 질문을 회피하지 못하고 그 앞에 선다. 그렇다면, 우리는 왜 삶을 묻는 것이고 또 물어야 하는 것일까. 나는 김점용의 두번째 시집 『메롱메롱 은주』를 읽으며 그 질문을 앞세웠고 그의 시집은 그에 답했다.

2

김점용이 삶을 물었을 때 그의 눈에 들어온 것은 삶이 아니라 삶을 담고 있는 그릇이었다.

생사가
그릇 속이다 　　　　　　　　　—「그릇」 부분

시인은 "분갈이를 하고/물청소를" 하고 있었다. 그런데 시인의 눈앞에 오고 간 것은 화분에 심긴 꽃이나 분재가 아니라 "빈 그릇"이었다. 아마도 분갈이를 하는 와중에 몇 개의 화분이 정리가 되면서 빈 화분이 생겼나 보다. 그다지 특별한 장면은 아니다. 아주 평범한 일상에 가깝다. 시인이 "언젠가 분재에 열중인 사람에게/어린나무를 너무 학대하는 거 아니냐고 넌지시 묻자" 그 사람이 "화분에 옮겨진 자체가 모든 식물의 비극 아니겠냐고/심드렁하게 대꾸"하며 흘려보냈던 것처럼, 대개의 사람들은 그 장면을 그냥 무심하게 흘려보낸다. 그러나 김점용은 빈 화분에서 눈을 떼지 못하고 있다. 왜냐하면 그 화분에 "가족, 학교, 군대, 사랑, 일터"와 같이 '내'가 속한 공동체와 '내'가 맺는 관계들이 겹쳐졌고, 그러자 '나'는 그 "빈 화분"이 실어나른 수많은 "목숨" 가운데 하나였기 때문이다.

언뜻 생각하면 화분은 그 화분에 심기는 꽃과 나무에게 삶의 터전을 제공하는 공간이다. 그러니 꽃과 나무에게 화분은 생명의 토대를 이루는 고마운 공간일 것이다. 하지만 그런 일반적 인식과 달리 화분과 꽃의 관계에 대한 시인의 시선은 그렇게 호의적이질 않다. 그곳은 시인이 삶을 가꾸고 키워가며 보람을 얻는 작은 위안의 공간이 아니라 "빠져나오려고 몸부림쳤던"(「빈 화분」) 곳이다. 왜 시인은 삶의 뿌리이자 터이기도 한 그 공간을 빠져나오려 했던 것일까.

우선 가족이란 이름의 공간을 살펴보자. 김점용의 경우 그가 그 공간에서 부딪게 되는 대표적 존재로 아버지를 손꼽을 수 있다. 그가 있으니 그를 낳은 아버지는 분명한 실체일 것이다. 그러나 분명한 실체를 갖고 있음에도 아버지는 손에 잡히질 않는다.

"아버지가 찾아왔다"는 말에 아버지를 찾아 나선 그에게 어떤 "낯선 노인이 아버지 친구라며 아버지가 우리 집에 오다가 우물가에서 혼자 놀고 있다고 일러주"지만 우물가에서 그가 "아버지,/하고 불렀"을 때 돌아본 것은 아버지가 아니라 "아버지 친구"였다. 그 아버지의 친구는 아버지가 "애조원에서 사람들과 싸우고 있다며 거기로 가보라고" 일러주지만 그곳에서도 그는 아버지를 손에 잡지 못한다.

아버지,
하고 불렀더니 그는 꿈쩍도 않고 대신 문둥이가 뭉개진 손

가락을 입에 대며 쉿쉿거렸다

　등을 보인 아버지는 이번에도 아버지 친구일 터

　상심하여 돌아서는데 그가 이번 판만 두고 보내마, 그랬다

　덜컥 겁이 나서 아무 말도 못하고 우물쭈물 서 있으니

　문둥이가 사라진 입술로 뭐라고 뭐라고 웅얼거렸다

　원문고개 호떡집 아줌마한테 물어봐라, 그런 뜻으로 들
렸다

　그 집은 없어진 지 오래인데

　　　　　　　──「검은 가지에 물방울 사라지면」 부분

　그는 아버지를 찾았지만 번번이 그가 부른 아버지는 아
버지가 아니다. 실제로 세상의 아버지들이 많은 경우 그렇
다. 아버지는 자식들에게 세상에 뿌리내릴 싹을 내주었지
만 그 싹이 깊이 뿌리를 내릴 토양이 되어주는 경우가 드
물다. 아마 부모와 자식 사이에서 빚어지는 그런 관계는
어느 집안에나 있을 것이다. 현대적 가정에서 아이가 자랄
때 부모와 자식 사이의 세대적 단절은 종종 사회문제가 될
정도로 흔한 일이다. 가족은 종종 가장 가까이 있어 쉽게
손에 잡힐 것 같지만 전혀 손에 잡히질 않곤 한다. 잡히지
도 않으면서, 그러니까 전혀 뿌리를 내릴 토양이 되어주지
도 않으면서 가족은 또 어느새 우리의 삶 속으로 배어든다.
그가 "터벅터벅 집으로 돌아와 대문을 젖"혔을 때 "죽담에
선 어머니가/아버지 옷을 입고 어딜 그렇게 싸돌아다니냐

고 소리를 버럭" 지른 것은 그 때문이다. 잡으려 하면 안 잡히고 그러면서도 우리들에게 영향을 미치는 것이 가족이다.

그렇다면 학교나 직장과 같은 사회는 또 어떨까. 그러한 집단은 '나'를 '나'로 보는 것이 아니라 그 자신들의 눈으로 재단한다. 사람들은 대상을 받아들일 때 대상을 있는 그대로 받아주는 것이 아니라 자신들 인식의 틀에 맞추어 상대를 받아들인다. 이 시집에서 그것을 가장 잘 나타내주는 예는 직장에서 간 것으로 짐작되는 야유회에서 구할 수 있다.

누가 불러 잠시 다녀온 것도 모두가 야유회를 간다고 하니
누군가 한 명은 당번으로 남아야 하니까 공으로 남 때리는
피구도 싫고 헛발질 잘하는 족구도 못해서 내가 남겠다고 했
을 뿐인데 남아서 텅 빈 사무실의 텅 빈 의자에 한 번씩 앉
아가면서 그들과 수건돌리기를 하며 놀았을 뿐인데 사람들
은 혼자 데이트를 즐겼다 수군거리고
　　　　　　　　　　　　　　　　——「그림자들의 야유회」 부분

시인의 말에 따르면 한번은 그가 회사 야유회에 가질 않았다. 야유회가 자신에게 잘 맞지 않았기 때문이었고, 다행스럽게도 "누군가 한 명은 당번으로 남아야 하"는 좋은 핑곗거리가 있었기 때문이었다. 그래도 남은 뒤 심심했는지 혼자 놀았던 모양이다. 그러나 시인의 현실은 사람들에

게 있는 그대로 수용되질 않는다. 사람들은 자신들의 인식으로 시인을 재단하여 "혼자 데이트를 즐겼다"고 "수군거"린다.

타인들의 인식은 종종 그렇게 나를 빗나간다. 실상을 들여다보면 뒤풀이에서 "커피가 다 식어 리필을 부탁했을" 때 종업원이 딸기바닐라 아이스크림을 잘못 가져온 것이었고 그렇게 빚어진 실수 앞에서 "난 아이스크림을 좋아하지 않지만 딸기는 잘 먹는 편이라 맛을 조금 보았더니 생각보다 맛이 있어 계속 먹었을 뿐인데 사람들은 혼자 아이스크림을 시켜 먹는다 눈치를" 준다. 바로 이것이 세상에서 이루어지는 타인에 대한 우리들의 인식 방법이다.

우리는 함께 야유회를 즐기고 있는 것 같지만 사실은 대상의 실체를 지워버리고 우리의 인식으로 재단한 대상과 야유회를 하는, 말하자면 "그림자들의 야유회"를 즐기고 있다. 그릇은 그곳에서 내 삶을 키워주는 것이 아니라 그릇에 맞게 내 삶을 자르고 재단한다.

그런 측면에서 삶은 거대한 어항과도 같다. 모든 것이 한눈에 들어오기 때문에 투명성이 어항의 가장 큰 특징 같지만 사실은 삶이 그 틀을 벗어나질 못한다는 구속성이야말로 어항의 가장 큰 특징이다. 그 틀은 세상을 보여주는 것 같지만 사실은 삶을 그곳에 가두어놓고 있다. 가둘 뿐만 아니라 사실을 은폐하고 왜곡하기까지 한다.

투명한 어항은 무엇이든 다 지나간다
그 어떤 루머도 어항을 지나면 분명한 사실이 되었다
— 「어항에게 생긴 일」 부분

　루머도 지나가고 나면 사실이 되는 왜곡과 은폐의 공간
이 바로 우리의 삶을 담고 있는 세상이다. 이 때문에 삶은
모든 것이 눈앞에서 확연하게 벌어지고 있는데도 종종 "사
방이 캄캄"해지는 어둠에 처하며 "대낮처럼 어둡고 명징"
한, 즉 대낮인데도 어두운 모순의 세계이다.
　삶은 왜 이렇게 전개되는 것일까.
　이에 대한 대답은 암울할 정도로 비관적이다. 그것은
어떤 구조적 문제라기보다는/우리의 인식 구조 자체가 대
상을 있는 그대로 받아들이는 것이 아니라 스스로 갖고 있
는 어떤 인식의 틀로 대상을 재단하여 받아들이거나 종종
그 대상을 왜곡하게끔 되어 있기 때문이다.

집을 나간 어머니가
옷을 뒤집어 입은 채 돌아왔다

배달된 상자를 뜯자
검은 넥타이가 나왔다

일곱 개의 밥그릇에 생쌀을 담는데

마지막 그릇의 뚜껑이 닫히지 않는다　　——「배후」 전문

　　시인이 우리에게 던져놓은 것은 사실은 집을 나갔던 어머니가 옷을 뒤집어 입은 채 돌아왔다는 것뿐이며, 배달된 상자를 뜯자 검은 넥타이가 나왔다는 것뿐이며, 생쌀이 담긴 밥그릇의 뚜껑이 닫히질 않는다는 것뿐이다. 이외에는 아무것도 없다. 그러나 이 구절을 마주한 우리들의 머릿속은 시인이 아무것도 말해주지 않고 있음에도 불구하고 그 너머로 넘어간다. 대개의 경우 우리는 덜컥 어머니의 외도를 의심스러워하며, 검은 넥타이와 뚜껑이 닫히지 않는 그릇을 불길한 징조로 삼아 내일의 일진을 걱정하기 시작한다.

　　시인은 시의 제목을 「배후」라고 붙여놓고 있지만 사실 배후에 대해선 아무 말도 하지 않는다. 만약 옷을 뒤집어 입고 들어온 어머니 옆에 어머니는 찜질방이나 목욕탕에 다녀오는 길이었고, 나이가 드신 뒤로 가끔 옷을 뒤집어 입을 때가 있다는 사실을 내막으로 덧붙이면 이 장면은 아주 일상적 풍경의 하나로 돌아가버린다. 검은 넥타이 또한 그 넥타이의 옆에 상갓집에 갈 때 사용할 검은 넥타이가 없어 인터넷 쇼핑몰에서 그것을 하나 구입했다는 설명을 덧붙이면 그것 또한 불길한 징조를 걷어내고 그냥 평범한 일상의 한 장면으로 돌아가버린다. 닫히지 않는 그릇 역시 오늘따라 그릇에 쌀을 너무 많이 담았다고 하면 그 또한

눈에 띄지도 않고 지나갈 평범한 일의 하나가 되어버린다.

　시인은 배후에 대해선 아무 말도 하지 않았고, 우리는 시인이 말해주지 않는 한 그 전후의 맥락을 알 수가 없다. 이 경우 우리는 눈앞의 현상에서 한 발자국도 나갈 수가 없다. 그러나 우리는 그것이 타인의 일일 때 눈앞의 현상을 있는 그대로 두고 그곳에서 머물지 않는다. 아니 우리는 전후를 묻지 않고 우리들 스스로가 그 전후의 맥락을 채워넣고 만다. 대상의 배후는 대상이 갖게 될 것 같지만 사실은 우리 스스로가 대상의 "배후"가 된다. 알고 보면 우리는 스스로 우리의 포로이다. 시인은 배후를 말하지 않고 있지만 사실은 무슨 생각을 하든 우리가 그 배후라고 말하고 있다.

　더 무서운 것은 이러한 인식이 개인에 한정되는 것이 아니란 점이다. 우리들의 이러한 왜곡된 인식은 폭넓게 퍼져나가 사회적 허상을 만들어내고 결국은 그 사회적 허상에 사로잡힌다. 김점용은 "명상을 시작한 지 삼 일 만에 공중 부양을 했다"고 말한다. "광릉수목원 아래 별장의 별채에 세 들어 살 때 반가부좌로 명상을" 했는데 "머리가 거실 천장에 닿아 더 이상 올라가지 못하고 고개가 앞으로 꺾" 일 정도로 공중 부양을 했다는 것이다. 사람들이 그의 이야기를 하나의 실상으로 믿어줄까? 아마 아무도 믿어주지 않을 것이다. 사람들은 그냥 이를 어떤 시적 은유로 받아들이려 할 것이다. 그러나 실제로 우리는 공중 부양을 꿈

꾸고 있다. 그 공중 부양의 꿈을 대표하는 것 중의 하나가
타워팰리스라는 초호화 건물이다.

인사동 여자만에서 만난 한 시인은 몸이 아파 술을 못 마
셨다 제대로 된 의자에 앉지도 못해 낚시용 접이의자를 따로
갖고 다녔다 그에게 진지하게 명상을 권했다 그가 정말로 명
상을 열심히 하는지 이따금 그의 집 타워팰리스가 공중에 붕
떠 있다   ──「타워팰리스의 공중 부양」 부분

사람들의 눈엔 타워팰리스가 사회적·경제적 지위를 세
상에 뽐내며 높이 솟아 있는 성공의 표상이겠지만, 시인의
눈에 타워팰리스는 사람들이 믿을 수 없다고 말하는 공중
부양의 얘기처럼 허공에 붕 떠 있는 허상이다. 마치 검은
넥타이에서 불길한 징조를 만들어낼 때처럼 우리들은 그렇
게 타워팰리스를 통해 성공한 삶의 허상을 만들어낸다. 그
것은 무섭기 짝이 없다. 너무 실상처럼 보여 그것의 허상
을 간파해내기가 거의 불가능하기 때문이다.
시인의 공중 부양 얘기는 사실은 시적 은유가 아니라 현
대적 삶의 실상이다. "한 층 한 층 허공을 들어올려도/위
로받을 바닥이 없다는 것/더 이상 기댈 높이가 없다는 것"
(「타워 크레인」)이 바로 우리가 쫓아가고 있는 이 시대의
삶이다.
문제는 그 사회적 허상을 동력으로 굴러가고 있는 우리

시대의 삶이 너무 끔찍하여 생명이 미울 정도라는 것이다. 시인이 이의 예로 들려준 얘기는 "뱀상어" 얘기이다. "뱀상어는 몸속에 알을 낳"고 "그 안에서 부화한 새끼들은" "서로를 잡아먹"으며 성장을 한다. 그 과정은 "최후로 한 마리가 남을 때까지" 반복된다. 시인은 그 끔찍한 세계를 자신에게로 고스란히 옮겨온다.

> 내가 살아남은 데도 다 이유가 있다.
> ──「생명이 밉다」 부분

이런 차원에 서면 생명은 축복이 아니라 사실은 치열한 경쟁에서 끔찍한 죽음을 딛고 이루어진 것이며, 그런 측면에선 저주에 가깝다. 그러나 그 저주는 사회적 허상에 기초하여 삶을 쌓아올리는 우리의 세상에서 성공으로 포장되어 오히려 정당성을 갖는다. 그것은 우리들이 버려야 할 것이 아니라 손에 넣고 싶은 욕망이 된다. 물론 김점용은 그와 반대이다. 삶을 묻고 그 물음의 끝에서 삶의 실상에 눈뜬 시인은 오히려 그 "생명이 밉다."

그러나 우리에겐 이 지점에서 피할 수 없는 딜레마가 있다. 우리가 삶을 피할 수 없다는 것이다. 세상과의 연을 끊고 완전한 고립을 선택할 수도 없다. 우리는 어차피 세상 속에서 살아갈 수밖에 없다. 그리고 세상의 모든 것들은 저마다 홀로 서 있는 것 같지만 사실은 모두가 연결되어 있다. "자동차가 달리는 간선도로 옆에 자전거 길이 있고/자전거 길 옆에 붉은 조깅 코스가 있"고, 또 "조깅 코스 옆에 노란 장다리 밭이 있"고, 그렇게 계속 시선을 옮기다 보면 그 끝에 '물'이 있는 것 같지만 실은 그것들은 서로 연계되어 있다. 그 끝에서 물을 들여다보면 물속에서 우리의 얼굴이 흔들린다. 물에 비추었으니 흔들리는 것은 당연하다. 그러나 시인에겐 그 흔들림이 처음에는 물결에 의한 흔들림이었을지 모르나 곧 얼굴이 물결을 흔든다. 실제로 우리가 그렇다. 사회적 허상에 영향을 받으면서 자라지만 나중에는 우리가 사회적 허상을 만들어낸다.

　　흔들리는 얼굴이 물을 흔들고
　　흔들리는 물이 건너편 풀밭을 흔든다
　　풀밭은 장다리 밭을 흔들고
　　장다리 밭은 조깅 코스를 조깅 코스는 자전거 길을
　　자전거 길은 자동차 도로를 차례차례로 흔든다 일제히 흔
　들다　　　　　　　　　　　　　　—「사고 다발 지역」 부분

　세상의 모든 것은 서로를 흔들고 있다. 사고가 많은 지역은 사실은 그 흔들림이 완연한 곳이다. 길이 흔들리니 브레이크를 걸 수밖에 없다. 시인도 그곳에서 급브레이크를 걸게 되며 "급브레이크를 밟을 때마다 얼굴에 흉터가 생긴다." 여기서 얼굴은 길을 가리키는 것 같지만, 흔들리

면서 그 파장이 주변의 모든 것들로 퍼져나가는 세상에선 그 얼굴이 곧 내 얼굴이 되고 만다.

김점용에게 있어 우리의 삶은 실제에 기초하여 쌓아 올린 안정된 건물이 아니다. 그것은 허상에 기초하여 쌓아 올린 부실하기 짝이 없는 건물이며, 심지어 수많은 죽음이 깃든 끔찍한 건물이기도 하다. 이러한 삶 앞에서 김점용이 보인 가장 과격한 반응은 "브레이크를 밟"고 "이쯤에서 멈추고 싶"다는 것이다. 아마도 그렇게 하면 "헛것들"(「정신병원 지나며」)이 모두 사라질지 모른다는 생각 때문이었을 것이다. 누구나 한번쯤 꿈꾸지만 그러나 갈 수 없는 길이다. 아울러 그건 시인이란 작위에 어울리지도 않는다. 그에겐 다른 길이 있어야 한다.

그리하여 김점용이 열고, 그렇게 그가 열어 우리에게까지 열어준 길은 아주 단순하게 열린다. 그것은 바로 눈을 감는 것이다. 오해 마시라. 눈을 감는다는 것은 삶으로부터 눈을 돌리는 것이 아니다. 어떻게 우리가 삶으로부터 눈을 돌린단 말인가. 아무리 부정하려고 해도 부정할 수 없는 것이 우리의 현실이다. 현실 앞에서 현실로부터 눈을 돌린다는 것은 그 자체가 어려운 일이다. 눈을 감는다는 것은 현실로부터 눈을 돌리는 행위가 아니기 때문에 현실 속에선 눈을 감아보기도 어렵다. 때문에 눈을 감아보려면 대부분의 사람들에게 삶의 공간이 되고 있는 도시에선 그것이 어려울 수 있다. 시인도 눈을 감을 때는 자연을 찾고 있다. 그리하여 자연을 찾은 시인은 눈을 감는다. 아주 단순한 방법 같지만 이 방법의 효과는 놀랍기 그지 없다. 보지 못하게 되면 세상이 닫힐 것 같은 데 눈을 감자 놀랍게도 귀가 열리기 때문이다. 보시라.

> 눈을 감으면
> 귀 하나가 한없이 커져
> 어느 깊은 산속 떡갈나무 이파리
> 그 여린 숨소리를 듣네   —「눈을 감으면」부분

눈을 감는 것이 효과가 있자 그는 아예 옷을 홀딱 벗고 알몸으로 계곡에 앉아 눈을 감는다. 그것도 그 자신만 눈을 감는 것이 아니라 "꽃과 바위의 눈을 감기고/나무들의 눈을 감기고/흐르는 시냇물의 눈을 감"긴다. 실제로 눈을 감은 것은 그일 뿐이지만 그러나 그는 자신이 눈을 감으면서 세상의 눈을 감긴다고 말한다. 그것은 집중을 위해서이다. 생각해보라. 세상이 눈을 똘망똘망하게 뜨고 그를 지켜보고 있는데 그만 눈을 감고 있다면 그것은 눈을 감고 세상을 열기보다 세상의 이목이 그에게 집중되는 결과만을 갖고 올 것이다. 그러니 자신만 눈을 감아선 소용이 없다. 세상의 눈도 함께 감겨야 한다. 그렇게 하여 눈을 감고 집중을 하자 놀라운 일이 벌어진다.

그러기를 한참

집중으로 집중을 넘어선 순간

어느덧 내 몸이 투명해지며

삼라만상이 저절로 들고 또 났습니다.

　　　　　　　　　　　——「관음증」 부분

　한때 시인에게 세상은 빠져나가고 싶어 몸부림치던 그
릇이었으나 눈을 감고 새롭게 연 세상에선 오히려 그가 그
릇이고 세상은 그에 담긴다. 그렇게 "세상 모든 것들이 소
리를 타고 와서/소리를 타고 사라진다는 것을" 안 뒤로
이제 세상은 눈을 뜬 뒤에도 예전의 세상으로 돌아가지 않
는다. 새롭게 열린 세상에선 "올라가는 길이" 곧 "내려가
는 길이기도 하"(「천축사」)며, 그렇게 시인은 세상에서 길
의 방향을 지워 오직 위로만 치솟던 삶의 욕망을 손에서
놓아버린다. 그러자 헛것이 덮고 있던 값진 것들이 시인의
눈에 보이기 시작한다.

　몇 가지 예를 들어보자.

　우리가 살아가는 세월은 1년을 단위로 끊어지지만 그 1년
이 실제의 1년은 아니다. "지구가 태양의 둘레를 1번 공전
하여 제자리에 올 때까지"의 시간이 실제의 1년이며, 우리
가 말하는 1년에선 "5시간 48분 46초"의 '우수리'(「우수
리」)가 남는다. 그것은 우수리이지만 버려지지 않는다. 그
우수리를 잘 모아 몇 년에 한 번씩 우리의 1년에 자리를

마련해주어야 우리의 시간은 온전해진다. 우수리를 버리지 않고 잘 모으고 자리를 마련해주는 것이 온전한 세상이다.

꽃잎을 관찰한 시인은 꽃잎들이 "기이한 순열을 이루고 있다"는 사실을 발견한다. 말하자면 꽃잎은 일종의 질서를 갖고 있었으며, 그 질서 속에서 "데이지꽃"은 "89개의 꽃잎을" 갖는다. 시인은 데이지꽃이 "그 순열에 맞춰 피려고 얼마나 먼 길을 돌아와야 했을까"를 물으며 그 질서에 감탄하는 한편으로 "그러다가 드문드문/여든여덟 혹은 아흔 개의 꽃잎으로" 필 때가 있지 않을까를 동시에 묻는다. 그래도 그것 또한 분명 데이지꽃일 것이다. 김점용은 그렇게 핀 데이지꽃에서 "정박아나 자폐아"(「어떤 데이지꽃」)의 자리를 본다. 우리는 질서를 벗어나면 사회로부터 밀어내 버리려고 하지만 꽃의 질서는 질서를 벗어난 꽃마저 그 질서 속에 함께 서 있다.

시인은 스스로를 반성도 한다. 하늘을 쳐다보며 "별과 별이/별과 별의 중력에 끌려/미세하게 항로를 바꾸는 섭동(攝動)"의 움직임을 본 시인은 그동안 "한 틈도 내주지 않으려 했던/스스로"(「섭동」)를 돌아본다. 반성을 했으니 아마도 시인의 마음에서 한 틈이 열렸을 것이다.

그러자 그 틈을 한 소년이 비집고 들어온다. 그 소년은 "고개를 약간 숙이고 주머니 깊이 두 손을 찌르고"는 "껄렁껄렁" "불량한 걸음걸이로 나를 향해" 다가와 "내 어깨를 툭 치"며 "날 고의적으로 들이받고 지나"간다. 그러나 시인은 그것을 버르장머리 없는 요즘 어린것들로 치부하지 않는다. 시인은 "누구나 저럴 때가 있는 법이지/굴러다니는 빈 깡통을 콱 찍어 차버리듯/세상을 온통 찌그러뜨리고 싶은 시절"(「한 소년이 지나갔다」)이 있는 법이지 하며 그 삶을 받아준다.

그리고 세상엔 이미 세상을 열어놓고 있는 사람들이 있다. 말하자면 허상의 세상을 밀어내고 세상을 살아가고 있는 사람들이다. "머리를 자르러 미용실에 갔는데 아직 멀었"다며 "그냥 돌아가라"고 하는 미용사도 그런 사람이다. 그 "미용사는 드라이를 대충 해주고는/보던 신문을 다시 집어" 들었으며 돈은 받지 않는다. "자연의 주인들"처럼 "어떻게든 제자리를 지켜내는"(「뱀이 나오는 가게」) 사람들이다. "망망대해 출렁이는 바다에 매달려" 살다 "보름이나 달포 지나 뭍에" 올랐을 때 "가만히 있는 육지가 흔들려/어질어질 가멀미를" 하고, 그래서 "발 디딘 땅이 거대한 물너울처럼 자꾸 울렁거려/살아도 산 것 같지 않다고/서둘러 마시고 함께 흔들려야/비로소 살아 있는 목숨 같다"며 술을 속에 들이붓는 "통영 다찌집"의 "뱃사람들"(「통영 다찌집」)도 그런 사람들이리라.

타워팰리스의 세상에서 허상을 벗기고 그런 사람들의 세상으로 내려가 삶의 실상을 보는 것은 어찌 보면 시인의 숙명이다. 그 숙명은 이미 예견되어 있었다는 생각도 든다. "깊은 산 등산로"의 "한가운데 서서 사람들"의 손을

"잡아주느라 닳고 닳은 나무줄기의 반질반질한 맨살에 새겨진 글자 은주"를 보았을 때 대부분의 사람들은 그냥 그것을 누군가의 낙서로 버려두고 갔을 것이다. 그러나 시인은 그 이름을 "남몰래 사랑하는 한 여인의 이름인지 이파리를 죄다 몸속으로 숨긴 그 나무의 이름인지 파란만장한 푸른 잎물결 속에 숨은 빈 배의 이름인지"를 궁금하게 여기며 "한참 동안 나무 주위를 맴돌다" 가슴에 넣어 갖고 돌아온다. 허상에 사로잡힌 세상 사람들의 눈에 그것은 쓸데없는 "잡생각"일지도 모른다. 그러나 그것을 낙서로 버려두지 않고 세상의 놀림감이 될지라도 가슴에 품고 키워가는 것이 시인의 숙명이다. 그건 허상이 지배하는 이 세상에서 사실 소도 놀릴지 모를 일이다.

한밤에 부엌 냉장고 돌아가는 소릴 들으며 이런저런 잡생각을 깔고 앉을 때나 강원도 깊은 산골에 두꺼운 방석을 펴면 이따금 귓전에 울리는 소 방울 소리가 메롱메롱 은주, 하고 날 놀리는 것 같아 평생을 그렇게 놀림받으며 살 것만 같아

——「메롱메롱 은주」 부분

"평생을 그렇게 놀림받으며 살 것만 같"은 시인의 숙명은 그렇게 미리 예견되어 있었다. 그것은 어찌 보면 바로 세상에 그가 눈을 감고 소리로 연 세상, 즉 시의 세상을 세상에 쥐여주는 것이 될 것이다. 그렇게 보면 「메롱메롱

은주」는 시인으로서 그가 걸어갈 삶에 대한 예감 같은 것
이었다.

　그 예견된 삶의 끝에서 그는 "갯가 촌놈들"인 친구들과
어울린 끝에 함께 홍등가를 찾고 "붉은 등불 속으로 헤엄
쳐 들어"가지만 시인은 그곳에서 몸을 섞는 대신 "김중식
의 시집을 꺼내 라이터 불로/「食堂에 딸린 房 한 칸」을 축
축하게 들려주"고 그 뒤에 그녀로부터 "묻지도 않은 먼 고
향 얘기며 가족,/팬시점 주인이라는 장래 희망을 나직나
직" 듣고 있다. 그러고 나서 그곳을 나왔을 때 먼저 나온
친구의 "짜식, 디게 오래 하네"라는 힐난 소리 앞에 그가
올려다본 하늘에는 달이 하나 걸려 있었다.

　　그녀에게 시집을 안겨주고
　　삐걱삐걱 목조 계단의 불안한 음계를 따라 나와
　　툭 터진 하늘 올려다볼 때
　　먼저 나온 친구 녀석 퉁명스럽게
　　짜식, 디게 오래 하네
　　그래 임마, 저 달도 나한테 걸리면
　　오늘 밤 못 진다!
　　먼 저 달　　　　　　　　　　　　　　　——「먼 저 달」부분

　그가 사는 세상은 대낮에도 어두웠으나 이제 달을 올려
다보고 있는 그의 세상은 한밤중에도 조금은 훤했으리라.

3

시는 물음이라기보다 대답에 가까울 때가 많다. 그러나 그 대답은 물음을 내포한 대답일 때가 많다. 나는 김점용의 시가 삶에 대한 물음을 내포하고 있다고 생각했으며, 그래서 삶은 무엇인가를 질문으로 내세우고 그의 두번째 시집을 마치 그에 대한 대답처럼 읽어나갔다. 그 대답 속에서 삶은 우리가 잡으려고 하면 비어 있고, 나를 살려고 하면 오히려 우리를 가두고 속박하는 그릇이었으며, 그 그릇 속에서 세상은 헛것이었다. 어떻게든 그 헛것의 세상을 살아갈 수밖에 없는 그가 선택한 길은 눈을 감고 소리로 세상을 다시 여는 관음의 길이었다. 그리고 그렇게 소리로 열자 이제 세상이 그를 담는 그릇이 아니라 그가 세상을 담는 그릇이 되었다.

이 세상을 송두리째 버리고 싶거나 빠져나가고 싶은 사람이 왜 없으랴. 그런 사람이 있다면 김점용의 권유를 따라 눈을 한번 감아보시라. 그리고 소리로 세상을 열어보라. 그럼 세상이 우리 앞으로 전혀 새롭게 열릴지도 모른다. ▨